RÉPONSE

D'UN ARNAUD

A UN

LIBELLE DIFFAMATOIRE

Facit indignatio versus.

MARSEILLE

TYPOGRAPHIE ET LITHOGRAPHIE ARNAUD, CAYER ET Cie
Rue Saint-Ferréol, 57

1865

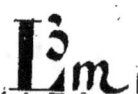

RÉPONSE

D'UN ARNAUD

A UN

LIBELLE DIFFAMATOIRE.

RÉPONSE

D'UN ARNAUD

A UN

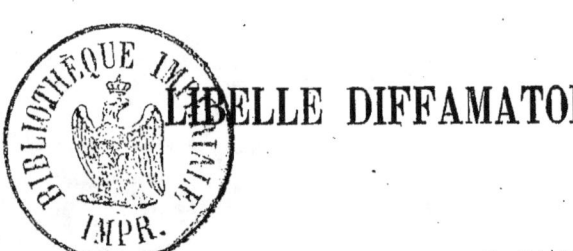

LIBELLE DIFFAMATOIRE

Facit indignatio versus.

MARSEILLE

TYPOGRAPHIE ET LITHOGRAPHIE ARNAUD, CAYER ET Cᶦᵉ
Rue Saint-Ferréol, 57 .

—

1865

RÉPONSE

D'UN ARNAUD

A

UN LIBELLE DIFFAMATOIRE

J'ai une horreur profonde de la controverse, je crains d'occuper le public de moi, et j'aime à vivre tranquille, en paix avec mes semblables auxquels, sans exception, je souhaite tout le bonheur qu'une créature humaine peut avoir.

Je me suis bien gardé, par conséquent, de me mêler, soit directement, soit indirectement, du procès que l'un des miens soutient en ce moment. Quelque amitié que j'aie pour mon frère, ses affaires ne me regardent pas. Elles m'intéressent, sans doute, mais non pas au point de me faire sortir de la réserve que les convenances m'imposaient. Le procès qu'on a jugé à propos de lui intenter est pendant, il est instruit ; c'est à la justice à prononcer. J'attends sa décision sans inquiétude, car j'ai confiance en la justice de mon pays.

J'aurais donc gardé le silence ; mais on me provoque et je réponds à l'appel ; ai-je tort, ai-je raison ? Vous allez en juger.

Si j'étais à la place de mon frère, je commencerais par remercier mes adversaires de ce qu'ils ont bien voulu instruire le public des causes du procès qu'ils lui ont intenté, ainsi que du résultat qu'ils poursuivent. Ils ont montré le bout de l'oreille : il leur était difficile de le cacher ; car, ne vous imaginez pas qu'ils se soucient beaucoup de ce fameux sentier, bon, tout au plus, pour des chèvres, ni de l'intérêt public qu'ils mettent en jeu, sous le prétexte qu'ils aiment le bien public. Il s'agit, ma foi, de toute autre chose ! Il leur faut tourmenter, tracasser, vexer, ruiner, et surtout, si c'est possible, humilier des gens d'honneur. Eh bien ! Messieurs, je vous le dis d'avance, vous ne les tourmenterez pas, ne les vexerez pas, ne les tracasserez pas, ne les ruinerez pas, et par-dessus tout, ne les humilierez pas. Cela est au-dessus de votre pouvoir.

Ces braves gens, qui se croient tout confits en malice, sont pourtant d'une naïveté vraiment extraordinaire. Ils prétendent se cacher sous l'intérêt public, — Connu ! — C'est très louable, assurément, mais encore faut-il que cet amour ait des bornes et que je n'en fasse pas les frais, — et, dès les premiers mots qu'ils écrivent, ils dévoilent tout le mystère. Voici la clef de l'énigme :

A la page 3, ligne troisième de leur mémoire, il disent : — « Les MM. Arnaud sont tout ; ainsi l'ont dit les sieurs Lèbres (certificat Descosse, n° 1, p. 65) ; par leurs affidés, ils colportent leur mémoire et accréditent ainsi des faussetés et des erreurs manifestes contre lesquelles il devenait de notre devoir de protester. »

Par conséquent, me voilà accusé, moi, qui n'avais affaire à ce sentier, — que le diable puisse l'emporter ! — de faire circuler, sciemment et méchamment, des faussetés. Comme c'est amusant ! Je parie que les auteurs de ce mémoire vont s'étonner de ce que je prends la mouche. — Etre accusé de fausseté, diront-ils, vraiment cela n'en vaut pas la peine ! — Pardon, Messieurs, je n'y suis pas habitué ; et vous ?

Mais ce n'est pas seulement de cette bête et plate accusation qu'il s'agit. On a voulu me donner un coup de patte, en passant : c'est toujours tant de pris. Patience, braves gens, je vous le rendrai !

Ecoutez-moi bien, vous tous, gens désintéressés qui assistez à ce tournoi judiciaire et y remplissez l'office de juges du camp, prenez ce bénévole mémoire, qui a la prétention de passer pour malin, car il se donne des airs, il fait le crâne, il se campe bravement sur le terrain de la bonne foi, de la vérité, de la justice.— Oh hé ! braves gens, connaissez-vous ce pays-là ? — Prenez ce mémoire, lisez ce passage, — les Arnaud sont tout, — puis relisez-le encore, et, fermant les yeux, afin que rien ne puisse en détourner votre attention, méditez-le.

Comment ! vous ne trouvez rien ! ne sentez vous pas un certain parfum cabalistique s'en exhaler, une certaine odeur diabolique ne saisit-elle pas vos narines ? Je vous en préviens, le procès, le mémoire, tout ce qui a précédé, tout ce qui suivra, tout cela est contenu dans ces mots : — les Arnaud sont tout.

— Diantre ! répondez-vous, après avoir, plus ou moins longtemps, sollicité votre cerveau, je n'y comprends pas grand'chose ; il faut qu'il y ait anguille sous roche. Voyons si je l'attraperai.

— A mon avis, ces mots — les Arnaud sont tout, — signifient qu'il existe à Forcalquier une famille de ce nom, ayant su se concilier l'estime générale et acquérir une considération méritée. Aucun de ses membres n'a violé les lois de la probité, ni forfait à l'honneur. Mais cela ne lui est pas particulier ; j'y connais, dans toutes les classes, une foule de famille aussi honorables dont on peut parler de la même manière. En supposant que — les Arnaud sont tout — n'aie pas d'autre sens, ce passage, qui a si fort remué votre bile, aurait dû, au contraire, vous mettre de belle humeur. Dites-moi, n'auriez-vous pas le caractère mal fait ?

Hélas ! mon cher ami, j'avoue, en toute humilité, que mes imperfections sont nombreuses. Il en est une, surtout, des plus incommodes. J'ai le défaut de ne pas m'arrêter à la superficie et d'aller toujours au fond des choses. Je gratte, je gratte tant, que je finis par faire quelque trouvaille fort peu récréative. En un mot, je suis de ceux qui estiment que le ton fait la chanson. Exemple.

Les Arnaud sont tout, — sans doute, c'est un fort bel éloge, que je me garde néanmoins d'accepter, car il en dit trop. Je ne suis pas assez fat pour cela. Etre tout, dans un pays, veut dire qu'on y est aimé, considéré ; qu'on est bienveillant, bon, humain, charitable ; qu'on est scrupuleusement honnête ; qu'on n'a jamais vexé, opprimé, trompé personne ; qu'on peut, sans crainte, livrer sa conduite, tant privée que publique, à l'investigateur le plus malveillant ; et qu'on défie hautement qui que ce soit de dire, encore moins de prouver, que soi ou les siens aient jamais fait tort à âme qui vive. — Que chacun en dise autant !

Voilà le bon côté de ce fameux — les Arnaud sont tout ; — mais voici le revers de la médaille. Ainsi que vous le disiez, mon bon ami, il y a anguille sous roche ; il s'agit de la tirer de son trou.

Les Arnaud sont tout. — Très certainement, si l'on avait dit cela à bonne intention, sans y entendre malice, je me serais incliné et j'aurais avalé cet éloge exagéré, en protestant, toutefois. Mais le mémoire a pris soin de ne pas dorer la pilule, ce qui est cause que je ne l'ai pas avalée. Je ne puis, en conséquence, l'avoir digérée. — Les Arnaud sont tout, dit-il, et ils profitent de leur omnipotence pour faire circuler des faussetés. Merci du compliment ! Je ne sais pas ce que vous êtes, gens du mémoire, si vous êtes tout, ou rien, ou quelque chose ; mais, quels que vous soyiez, vous avez largement usé de la licence dont vous m'accusez.

Les Arnaud sont tout ! — Vrai, il y a des moments où je suis tenté d'être *tout* fier, *tout* vain, *tout* glorieux, *tout* bouffi d'orgueil, puisque je suis tout ! qui l'aurait jamais cru ! Je suis plus qu'un autocrate, car le despote le mieux obéi n'est pas *tout*. Me voilà passé au rang des Dieux ! Mille grâces, braves gens !

Mais ce n'est pas *tout*. Si *les Arnaud sont tout, tout* n'est pas dans les Arnaud. — Cela devrait être, pourtant. — La preuve en est qu'ils n'ont pas pu s'attirer la bienveillance de *tout* le monde. Malgré leur puissance absorbante, il s'est trouvé des esprits rétifs qui ont refusé de faire chorus dans l'expression du dévouement universel et qui ont protesté contre leur autocratie. Les malheureux ! ils disent que — les Arnaud sont tout — et ils ne redoutent pas leur colère ! Etrange contradiction ! Rebelles, vous aurez le sort de Satan !

Les Arnaud sont tout. — Savez-vous ce que signifie, au fond, cette formule empyrique ? Je vais vous le dire.

Elle signifie qu'il y a, de par le monde, quelques individus chagrins, moroses, envieux, jaloux, indépendants ; oh ! indépendants, surtout ! qui n'ont pas voulu courber leur fière tête sous le joug de ces Arnaud *qui sont tout*. Ces individus, n'ayant, sans doute, rien de mieux à faire, se sont mis, de cœur et d'âme, à envier, jalouser, ces pauvres Arnaud, lesquels, se reposant dans leur toute puissance, ne leur faisaient rien, ne leur demandaient rien, ne se mêlaient de rien. C'est absolument comme si le diable cherchait querelle au bon Dieu de ce qu'il laisse la terre tourner tranquillement dans son orbite. La bonne renommée de ces Arnaud *qui sont tout*, les a mis de mauvaise humeur ;

ils ont pensé, réfléchi, ruminé là-dessus et ils se sont dit :
— Comment ! nos coffres regorgent, nos écus peuvent
nous procurer toutes les jouissances de la vie et, avec nos
écus, nous ne serions rien ! que sommes nous, alors ? —
Est-ce que, par hasard, nous ne vaudrions pas plus qu'un
chien galeux ? — Faites excuse, mes beaux Messieurs ; il est
un moyen fort simple pour valoir plus qu'un chien galeux ; c'est de valoir deux chiens galeux, trois chiens
galeux, et, ainsi de suite, indéfiniment. C'est aisé.

Cette idée les a fait entrer en fureur. Alors, pour ap-
paiser la soif de haine qui les dévore, ils ont entrepris de
vexer les Arnaud *qui sont tout* ; de les molester de toutes
les manières, de les humilier et de les faire rentrer dans
le néant ; tout cela, parce que ces braves gens craignent
de n'être rien. Mais, de bonne foi, est-ce ma faute ? que
puis-je y faire ? Donc, ils ont voulu les faire rentrer dans
le néant. — Eh ! n'allez pas si vite, s'il vous plaît !
nous y arriverons les uns et les autres ; nous verrons
bien, au moment suprême, quand il faudra aller rendre
compte là-haut, lequel de nous aura la conscience plus
tranquille ! — Dans cette charitable intention, ils ont
intenté un procès à l'un de ces Arnaud *qui sont tout*, —
ah ! si j'étais *tout,* nous verrions bien ! — et ils ont trouvé
un bailleur de fonds. En vérité, ils leur ont joué là un bon
tour. — Oh ! fortune ! voilà de tes traits ! voyons, raison-
nons un peu : l'argent que vous avez dépensé, jusqu'à
présent, joint à celui que vous avez fait dépenser à cet
Arnaud *qui est tout,* n'aurait-il pas été mieux employé à
faire des œuvres charitables ? — Simple que je suis ! parler
charité à des gens dont le cœur est pétri de fiel et de
haine !

Le procès, flanqué du bailleur de fonds, suivait donc
son cours, lorsque ces braves gens se ravisèrent et se di-
rent, qu'il ne suffisait pas d'avoir entrepris un de ces

odieux Arnaud *qui sont tout*, qu'il fallait les y englober
tous. De fait, c'était rationnel ; puisqu'ils *sont tout*, ils de-
vaient tous supporter *tout* le procès. Or, vous savez que
ces Arnaud *qui sont tout*, sont au nombre de trois. C'est
cette trinité qu'il s'agissait de démolir. Nos gens se mirent à l'œuvre avec l'ardeur d'un bon Musulman battant
en brèche une cathédrale.

Il n'était pas facile d'attirer au procès ces trois Arnaud
qui sont tout ; les prétextes manquaient. Cependant, il fallait qu'ils en tâtassent tous, ne fût-ce qu'un peu ; car ne
croyez pas qu'on en veuille à l'un plutôt qu'à l'autre; atten-
du *qu'ils sont tout*, on les abhorre tous les trois.— Que la
peste étouffe l'autocratie ! voilà ce qu'on y gagne !

Ces braves gens rédigèrent donc un joli petit mémoire
dans lequel ils s'étendent maladroitement sur le fait, puis
sur le droit. Je ne vous en parlerai pas, crainte de vous
ennuyer ; d'ailleurs, ce n'est pas mon affaire. Je vous dirai seulement que, en guise d'introduction, ils y mirent
une diffamation, bien caractérisée, à l'adresse de ces Arnaud *qui sont tout*. Ils les accusèrent d'*être tout* — voyez
quel crime irrémissible ! — et de se servir de ce *tout* — je
finirai par prendre ce mot à grippe — pour répandre des
faussetés dans le public. — Ça y est ; il n'y a pas à s'en dé-
dire. — Cependant, ils font la grâce à ces Arnaud *qui sont
tout* d'avouer qu'ils ont reculé devant cette sale besogne,
et qu'ils n'ont pas eux-mêmes mis ces faussetés en circu-
lation. Ils les auraient seulement rédigées, après quoi ils
auraient laissé à leurs affidés le soin de les distribuer. Si
bien, qu'il n'y a pas seulement les Arnaud *qui sont tout*
qui soient diffamés, l'injure atteint encore tous ceux que
l'on soupçonne d'être leurs amis ; or je vous préviens que
la liste en est longue. Ainsi, voilà les Arnaud *qui sont tout*
et les amis de ces Arnaud accusés tout bonnement d'infa-
mie. Un étranger, lisant le mémoire de ces braves gens,

ne manquera pas de s'écrier : — Sur ma parole, je n'aurais jamais cru qu'il y eût tant de coquins à Forcalquier ! C'est à faire trembler ! Ces Arnaud *qui sont tout* et leurs amis sont des gens capables de *tout* ! Dieu nous en garde ! Amen !

Ont-ils dû être contents ces braves gens en répandant leur mémoire ? Comme ils ont cru noircir ces Arnaud *qui sont tout*, et combien ils seraient heureux de les faire passer pour des drôles, qui ne sont rien ! Mais cela n'arrivera pas, mes beaux Messieurs ! Ce n'est pas vous qui êtes les dispensateurs de la bonne renommée ; ce n'est pas vous qui distribuez la considération. — La plus belle fille du monde ne peut donner que ce qu'elle a. — C'est une vérité aussi vieille que la race humaine.

N'êtes-vous pas de mon avis, mes bons amis ? Ne trouvez-vous pas que la fortune est une grande prostituée, se livrant au premier venu et distribuant aveuglément ses faveurs ? Inexorable pour de pauvres malheureux, elle les laisse, toute leur vie, tirer le diable par la queue, tandis qu'elle comble leur voisin, qui n'a rien fait pour la mériter. Seulement il est né coiffé et adroit ; il aime particulièrement le bien public. Mais la considération ! Oh ! c'est autre chose ! La considération est une matrone encore verte, chaste, honorée, respectée de tous, et qui ne se donne qu'en échange d'une contre-valeur qu'il n'est pas aisé de se procurer. Quant à celle-là, il faut suer sang et eau pour l'avoir. Elle est la récompense et le couronnement d'une vie sans tache, des bonnes mœurs, de la dignité personnelle, du respect de soi même et d'autrui. — Braves gens, courez après !

Je ne puis m'empêcher de vous dire, mes chers amis, que ces braves gens du mémoire, après vous avoir suffisamment injuriés, vous font jouer un singulier rôle ; vous devez en être tout surpris. Ces Arnaud *qui sont tout* ont eu la scélératesse inouie d'inventer des faussetés et l'adresse non moins grande de les faire colporter par leurs affidés. Ils ont lancé la pierre et caché la main : c'est fort joli ! oui, vous leur avez servi de complices, uniquement pour leur faire plaisir. Un Arnaud vous commande et, crac, vous obéissez, sans vous inquiéter, le moins du monde, si l'on vous fait commettre une action honnête ou indélicate. Vous voyez tout de suite ce que cela signifie. — Pardon, si je le dis ; vous savez bien que je n'en pense pas un mot : — on vous prend pour des pantins ; rien que cela. Vous dansez, dès qu'on tire le cordon. Je vous le demande, avez-vous jamais vu la ficelle qui vous ferait mouvoir, au dire de ces braves gens ? Mais, en revanche, ne connaîtriez-vous pas des pantins faisant la grimace tout seuls ou moyennant finance ?

Cela n'est pas grand'chose pour vous ; c'est une simple piqûre à l'amour-propre ; piqûre peu cuisante, vu la main qui la fait. D'ailleurs, une injure ne salit qu'autant qu'elle est méritée. Mais, pour moi, c'est différent. L'attaque est admirablement calculée, le coup est bien porté ; la haine la plus implacable n'aurait pas mieux trouvé. Et cependant, je vous en prends à témoin, je n'ai jamais fait de mal à personne ! Si, dans le cours d'une vie déjà assez longue, j'ai offensé ou lésé quelqu'un, que ce quelqu'un se lève, qu'il parle : je suis prêt à réparer mes torts.

On m'accuse positivement d'avoir inventé et fait colporter des faussetés, moi qui n'étais pour rien dans le débat qui s'agitait. Or, en supposant que l'on croie à cette accusation, voici ce qui arrivera : Quand, après une absence de plusieurs mois, aux fêtes de Pâques prochaines, par exemple, je retournerai à Forcalquier et que, rencontrant un de ces bons camarades d'enfance avec lesquels je jouais aux billes, — hélas ! combien ils deviennent rares ! — je lui tendrai la main, il retirera la sienne. —

Arrière ! me dira-t-il, je ne veux pas passer pour votre affidé ; on me prendrait pour un méchant pantin ! — De telle sorte qu'on me désignera comme un homme dangereux, que je verrai le vide se faire autour de moi et que je devrai passer dans l'isolement le peu de jours qui me restent à vivre. C'est cruel, cela ! Je n'ai plus qu'à partir pour l'Amérique. — Dites-moi, braves gens du mémoire, vous n'avez pas l'intention d'y aller-aussi, autrement je me réfugierais en Afrique, en Asie, en Polynésie, voire même chez le diable ? Ah ! mais, non ! Je craindrais de vous y rencontrer. Réflexion faite, j'irai au ciel.

Oh ! ils l'ont bien compris, ces braves gens du mémoire ! Ils se sont dit : — Attaquons ces Arnaud *qui sont tout*, tandis que nous, nous sommes, — ma foi, ce que vous voudrez ; je n'y tiens pas. — Dénigrons-les, noircissons-les ; éloignons d'eux la population, faisons-en des parias et forçons-les à déguerpir : alors nous serons quelque chose. — Qui diable vous en empêche ! ce n'est pas moi ! — Eh ! patience, braves gens ! vous arriverez à votre but. Déjà l'un de ces Arnaud, qui ont le triste privilège de vous mettre en fureur, — on dirait des taureaux de Camargue devant lesquels on agite un drapeau rouge, — a quitté le pays ; quant aux autres, le temps en fera justice. Ces Arnaud *qui sont tout* n'ont pas encore trouvé le secret de se rendre immortels. C'est pour le coup que vous en creveriez de rage. Ne soyez donc pas si pressés.

Eh bien ! mes bons amis, malgré ce débordement de haine, mon cœur est tranquille. On m'attaque, moi, être inoffensif, je me défends ; c'est mon droit et mon devoir, car je veux que la vieille réputation de probité de ma famille demeure intacte, c'est ce que j'ai de plus précieux à léguer à mes neveux ; mais je n'ai de rancune contre personne. Que ceux qui ont entrepris de me diffamer vivent heureux ! voilà tout le mal que je leur souhaite. Je suis chrétien, et, à l'exemple de Jésus-Christ mis en croix et priant pour ses bourreaux, je m'écrie : — Pardonnez-leur, Seigneur ; ils ne savent ce qu'ils font ! — Vrai, l'ignorent-ils ?

Comme vous voyez, ces braves gens du mémoire n'y vont pas de main morte. Ils avaient affaire à un Arnaud, ils en attaquent trois. Ils ont amplifié le dicton, d'une pierre ils font trois coups. Il me semble que c'était déjà bien assez de deux. Dieu garde que, quelque jour, ils trouvent la pierre qui est *tout* ! Car, trouver le *tout* est leur fort, ils se contentent difficilement de la *partie*. Les Arnaud, n'auront qu'à se bien tenir. — Quelle peur j'en ai ; j'en perds l'appétit et le sommeil ! — Mais ils n'ont pas été satisfaits. Il leur fallait encore d'autres têtes sur lesquelles ils pussent assouvir leur haine et déverser leurs diffamations. Il paraît qu'ils regorgent. Qu'ont-ils fait ? Semblables à Philippe-Auguste appelant ses guerriers la veille de la bataille de Bouvines, ils ont convoqué le ban et l'arrière ban de leurs injures ; ils ont arboré leur oriflamme, qui n'est pas propre, je vous jure ; — voyez plutôt, c'est un méchant haillon tout maculé de taches — et ils ont attaqué les témoins de la contre-enquête, parce qu'ils avaient eu l'immense tort de dire la vérité.

Ah ! il faut voir comment ils les traitent ! quel dédain superbe, quel ton leste et tranchant ! En parlant d'eux, page 18, ligne dixième de ce mémoire transcendant — ils disent : Parce qu'enfin ces hommes se nomment les Allemand, les Lèbre, les Maurel, les Rizou ! — Ne croirait-on pas entendre M. le marquis de Carabas causant avec Mme la marquise de Prétintaille et s'entretenant des faits et gestes des petites gens ? car vous n'êtes que de petites gens pour les hauts et puissants seigneurs qui ont daigné écrire ce mémoire. Eh bien ! mes bons amis, dussé-je encourir, de plus fort, la colère de ces braves gens, je vous

dirai que je m'honore infiniment de vous serrer la main,
bien que vous ne soyez que les Allemand, les Lèbre, les
Maurel, les Rizou. Ah ! le beau coup qu'ils ont fait là ! ac-
cuser de partialité des hommes tels que vous ! On m'a dit
que cela vous avait ému ; rassurez-vous, personne ne le
pensera, personne ne le croira ; il fallait ces braves gens
du mémoire pour le dire, l'écrire et le faire imprimer. Il
paraît qu'ils se sont attribué le privilège de l'injure. Les
insolents ! mais, que voulez-vous, on n'est pas parfait.

Quand ces braves aristos, auteurs du mémoire, eurent
trouvé ce trait, ils furent enchantés. Ils se frottèrent les
mains, joignirent leurs vilaines figures dans un impur
embrassement, et s'écrièrent, tout d'une voix : — enfoncés les Allemand, les Lèbre, les Maurel, les Rizou ! s'ils
s'en relèvent, il faudra qu'ils aient de la chance ! Comment ! des gens tels que vous s'avisent d'avoir de l'honneur ? Allons donc ! Cela vous apprendra, mes petits, à
dire la vérité, à faire triompher la justice ! Si vous aviez
menti, vous auriez eu du *Monsieur*, gros comme le bras !
attrappe !

Enfoncés ! — Sur mon âme, mes braves aristos, — illustre
marquis, noble comte, preux baron, *right honourable gentlemen*, — c'est vous qui êtes enfoncés. Ne savez-vous pas
que les injures ne sont pas des raisons et que celui qui se
fâche a presque toujours tort ? Vous vous êtes chargés
d'une rude tâche, d'une besogne ingrate. Vous voudriez
faire accroire au public que d'honnêtes gens se sont par-
jurés dans l'intérêt d'un tiers. Le public vous rira au nez,
ce tiers fut-il *tout*.

Encore, si vous pouviez prétexter cause d'ignorance !
Mais non ; vous connaissez parfaitement ce que sont, ce
qu'ont toujours été, ces Allemand, ces Lèbre, ces Maurel, ces Rizou, ce qui fait que vous les avez injuriés sciemment et malicieusement. Si vous ne le savez pas, je vais

vous l'apprendre; cela n'est pas nécessaire, néanmoins, j'y
tiens. Ces Allemand, ces Lèbre, ces Maurel, ces Rizou,
que vous traitez si lestement du haut de votre grandeur,
vous, fiers aristos, sont d'honnêtes négociants, de respec-
tables propriétaires, vivant modestement et paisiblement,
bienvenus de tous ; — ils ne chicanent personne, ceux-là,
ils n'injurient personne! — Ils sont pères de famille, ils
donnent à leurs enfants de bonnes leçons et de bons exem-
ples ; ils travaillent, et lorsqu'une pièce de cent sous
tombe dans leurs mains, ils peuvent se redresser fière-
ment et dire : — Je l'ai laborieusement et légitimement
gagnée ! — Laborieusement et légitimement gagnée ! En-
tendez-vous, Messieurs les aristos ? illustre marquis, noble comte, preux baron, right honourable gentlemen !

Les Allemand, les Lèbre, les Maurel, les Rizou! parler
ainsi de gens qui valent mille fois mieux qu'eux ! — Im-
pertinents ! — Ah ! si, quelque jour, arrachant le masque
qui recouvre tous ces visages de hibou, j'entreprends
leur histoire, vous en verrez de belles ! vous saurez
alors ce que sont, ce que valent, ces prétendus aristos, qui
font fi des honnêtes gens ; — ils ont de bonnes raisons,
pour cela. — D'où ils viennent, où ils sont parvenus et
par quels moyens. Mais, que dis-je ? vous le savez déjà.
N'est-ce pas, mes bons amis, que, connaissant les personna-
ges, vous haussez les épaules, ou bien vous êtes pénétrés
d'indignation, en entendant les auteurs du mémoire parler
avec tant d'à-propos, de vérité, de justice, de bonne foi? Ils
couchent avec. N'est-ce pas à mourir de rire, quand on
les entend se vanter de leur amour du bien public ? — Ne
vous donnez pas tant de peine, fiers aristos, pour persua-
der le monde; personne n'en doute ! — Tiens ! c'est drôle !
toutes les fois que je prononce ces mots, les doigts se mettent à me démanger. Qu'est-ce que cela pourrait bien
signifier ? Quel rapport y a-t-il entre mes doigts et le bien

public ? je m'y perds. Braves aristos, ne pourriez-vous pas me dire pourquoi ? Je vous en serais infiniment recon-naissant. Allons ! faites : je ne suis pas ingrat !

Sur ce, mes bons amis, je prends congé de vous, car je crois que ma tâche est finie. Je me réserve pour une autre fois ; j'attends que ces braves gens du mémoire m'atta-quent de nouveau. — Qui sait si je n'irai pas au-devant ? — Dans ce cas, comme je suis en fond pour leur riposter, je parlerai, ne fût-ce que pour leur prouver que je ne suis pas muet. S'ils m'y provoquent, je tracerai leur profil, je les peindrai même de face, pour peu que cela vous plaise. Ma palette est prête, les couleurs sont broyées, le temps seulement de les étendre sur la toile. Sans me vanter, je ne fais pas mal le portrait. — Votre pratique, braves aris-tos ! — Mais, avant de vous quitter, je veux ajouter deux mots.

Mon intention n'est pas de vous entretenir du procès biscornu que mon frère soutient en ce moment. C'est af-faire du Tribunal, qui saura bien démêler la vérité, dire de quel côté est la bonnefoi, la justice, et ne pourra trou-ver mauvais qu'un propriétaire résiste alors que, par le motif qu'il a bénévolement laissé les voisins passer dans son champ et qu'on aurait prescrit contre lui, on veut le grever d'une servitude qu'il ne doit pas (1).

Mais, je vous le demande, de bonne foi, ce procès exis-terait-il, si mon frère n'avait pas fait son devoir en sa qua-lité de receveur de l'enregistrement ? Vraiment, les auteurs du mémoire se soucient pas mal de cette servitude ! Ce n'est qu'un prétexte qu'ils ont saisi pour décharger leur bile. Je ne suis pas très favorablement disposé en leur fa-veur; cependant, en bon chrétien, je ne désire pas la mort

(1) Le tribunal, sur les conclusions conformes du ministère public, vient de rendre justice à ce propriétaire.

du pécheur. Mais si je leur voulais du mal, je ne souhaiterais qu'une chose; c'est qu'ils passassent, une fois, en voiture sur ce chemin qu'ils convoitent si fort; s'ils ne se cassent pas les os, je vais le dire à Rome.

Mon second mot consiste en ceci: le mémoire rédigé par les braves gens que vous savez, est signé par deux hommes de loi. Ceux-là, je les respecte et ne les prends pas à partie, par la bonne raison que, très sûrement, ils n'ont pas lu, ou ont lu trop superficiellement l'œuvre à laquelle on a apposé leurs noms. Pour l'honneur de la robe que j'ai portée, je ne puis admettre, je ne puis même supposer, que deux hommes honorables, dont l'un est à la tête de sa profession, se soient fait insulteurs publics, et se soient plu, pour l'intérêt de leur client, ou dans un but de lucre, à déverser l'injure sur la tête de gens, qu'ils ne connaissent pas et qui, par conséquent, ne leur ont jamais fait aucun tort. On les a trompés, voilà tout. S'ils avaient pris soin de s'informer, ils auraient facilement appris que les témoins de la contre enquête étaient gens d'honneur, incapables de farder la vérité, et que, en ce qui concerne ces Arnaud *qui sont tout*, jamais la fausseté n'a passé le seuil de leur demeure. En homme sincère et délicat, je devais cette déclaration à ces Messieurs. Après quoi, mes bons amis, que Dieu nous garde! *a malo libera nos!* etc., etc., etc.

Pour qu'il n'y ait pas d'équivoque possible et que l'on sache à qui s'en prendre, à l'occasion, je signe ce mémoire de mon nom, en l'accompagnant de la qualification qu'on m'a si libéralement et si traîtreusement octroyée.

CAMILLE ARNAUD *(qui est tout).*